夭壽靜的春天

臺詩十九首

目錄

台風、台語、台灣文學

林沈默

我生性內向，自幼寡言。及長，追星弄月、愁賦新詞，亦復如是，「沈默」一以貫之。

雖然主編過幾個詩刊，寫作了三十多年，我鮮少出現在熱鬧的文學活動場子，是個獨來獨往的怪咖。另一方面，我是標準的本土主義信徒，但卻天生反骨，不喜歡體制，不黨不群，不隨波逐流，政治也從不選邊站，一生奉行「文學家做為永遠反對者」的監督志業，因此，提起春秋詩筆，六親不認，國民黨也罵、民進黨也批。我的創作心態，彷彿永遠在野，永遠都在護守七、八○年代那口「黨外」的正義老香爐。

2005年春天，我因為不滿政客立場搖擺，公然背叛選民承諾、糟蹋本土價值，突然打破沈默，一聲霹靂，祭出「詩的憤怒籐條」，在《自由時報》開闢「沈默之聲」專欄，修理、鞭笞墮落的政府當權者。我以母語發聲，結合詩歌與台文的特殊形式，碱砭時事、月旦人物，獲得無數回響，讚聲連連。「沈默

之聲」連載近兩年，現代詩＋時事＋台文＋唸謠等四元素共冶一爐，進行系列的文學跨界與書寫，既顛覆了政治威權幽靈、社會魑魅魍魎，也衝破了「現代詩不能開專欄、連載」的文壇鐵律。「沈默之聲」專欄結束後，由林文欽社長主持的前衛出版社，以有聲書的形式，結集付梓。

2008年三月，政黨再度輪替，民進黨丟了江山，本土派也頓失靠山，台文界的漢字／漢羅／全羅等三大山頭，出現嚴重的用字、標音矛盾，暗中較勁，三頭馬車彷彿三條平行線，彼此「田無溝、水無流」，資源整合陷入泥淖。台文界內耗空轉，讓本土文化界、教育界無所適從，台語汙名化也接踵而至，連帶使得媒介發表平台產生了侷限性，台語文學變成關門喊爽的運動。台語創作的文本發表，頻頻吃媒體的閉門羹，地盤與發言權雙雙失落，無法建立文學地位，台灣社會看衰，台語文學被邊緣化、危機四伏。在此低氣壓的氛

圍下，自2009年起，我毅然奮起，擬定新一波的「台語詩」寫作與發表計畫，矢志要把「台語詩」推上一個文學的高度，要讓台灣人重新來瞻仰、認識、喜歡它——雖然，我自知個人力量微淺，但仍然大膽去嘗試。

台語文學，顧名思義，不是以「台語文」的政治正確符碼為最關鍵，而仍以扎扎實實的文學功夫、內涵來取勝。台語若要建立主體核心的獨特文學脈絡，擺脫次文學／邊陲鄉土文學，或祛除「中原文化的花瓶」或「漢文化的細姨」的標籤，就必須有足夠的成功的文本來支撐，而這些文本，在雞兔同籠的現階段，就必須以特異的文學底蘊與創意架構（並非只是台語文）的能量，做為武裝的條件，與其他華文（普通話）的作品，進行面對面的肉搏戰，在媒體平台的自由市場競爭、對決、搶灘。

欣慰的是，經過三年翻土、耕耘，我的台文推展之夢，獲得了初步的實現。

現下，擺在讀者眼前的《夭壽靜的春天──臺詩十九首》台語繪本有聲詩，皆是投稿於《中國時報》、《自由時報》、《聯合報》等三大報副刊的台語詩作選粹，而其中〈赤崁秋月〉、〈圍城〉、〈路過馬場町〉、〈夭壽靜的春天〉四首詩，更以「台語詩」的身分，罕見地獲《台灣詩選（二魚版）》、《台灣現代詩選（春暉版）》編者青睞，連續二年（2010年及2011年），如黑馬般地闖入放眼盡是華語詩人的「年度詩選」行列。這樣的遭遇，看似僥倖、突兀，但也可權充流汗播種台語文學田園，流淚收割的小小儀式。

我自文藝青年時期，即喜讀古中國的《古詩十九首》，嚮往此系列詩所鋪展、散發的文學情境，對文本亦能吟詠再三、琅琅上口，部分動人內容，如《青青河畔草》、《行行重行行》、《庭中有奇樹》等情節、佳句，至今都能默念，忘也忘不了。《古詩十九首》作者皆為無名

氏，其最動人處，在於從民間取材，切入社會價值與思維，以庶民平白的語言，書寫庶民平淡的生活，深刻地展現中國東漢末期的民情風土。誠如張仲衡（1909-2006）教授對它的評敘：「寫一般人的境遇以及各種感受，用平鋪直敘之筆，情深而不誇飾，但能於靜中見動，淡中見濃，家常中見永恆。」可見，其詩韻魅力、渲染力與親和力，多麼地深厚。

與《古詩十九首》呈現的境界相類，拙著《天壽靜的春天——臺詩十九首》繪本有聲書，內容也是多元篩洗，詩風淡雅，詩趣瀟灑，書寫對象也是土地、生活與庶民的點點滴滴，不同的是，它渾身土味，「台風」陣陣吹，多了個現代國族想像的旌旗飄揚罷了。這十九首台語詩，記錄的是後現代台灣民間社會的現實境遇，有抒情、有寫實，題材囊括：春閨怨、銀髮戀、少年傷情、生命哲學、媒體亂象、國族困境、歷史傷痕、母土夢迴、女工悲歌、童年憶往、生態浩劫、

詩觀辯證…等議題面向的敘述、滲透，展現台語詩與文化、土地、人民對話的種種可能。

　　《天壽靜的春天──臺詩十九首》這本繪本詩冊，故意只蒐錄十九首詩作，而不是傳統「大碗滿墘」的九十首作品，其設計的動機，除了師法東漢《古詩十九首》的格式之外，另一個用心，則是大膽跨界，透過簡單、少量的台語漢字文本，再輔以圖片插畫、有聲朗讀的多元動態呈現，來回應現階段「輕閱讀」的文化趨勢，這對於視台語文學為畏途的一般讀者，也許是個更有趣、更easy的選項。

　　總之，這十九首詩，都是通過作者、三大報副刊主編的重重挑剔、檢驗，篇篇精挑細選，採「非常詩集」的規格設計，目的是想打破對傳統台語詩集的刻板印象，吸引人在最短時間、最輕鬆的氛圍下，走進台語文學的新世界。無論如何，這十九首台語詩，只要您喜歡、記得了其中一首，作者的心血就沒白費了。

春日雨後

風轉來。
羊蹄甲花，
慘慼哭歸暝。

早起時，
桃紅花瓣，
黏黏溼溼，
貼滿道路的床巾。

一隻流浪狗，
沿路鼻、沿路行過…

——2010年6月8日聯合報 聯合副刊

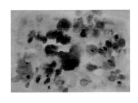

【台音義注】

羊蹄甲：蘇木科小喬木，葉如羊蹄而
　　得名，二至五月開桃紅花，為台灣
　　常見的行道樹。

慘慼(tsheh4)：形容哀怨、傷心。

歸暝：整夜。

桃紅花瓣(ban7)：羊蹄甲桃紅色的花瓣。

的：唸「e5」。

鼻(phinn7)：動詞，聞氣味。

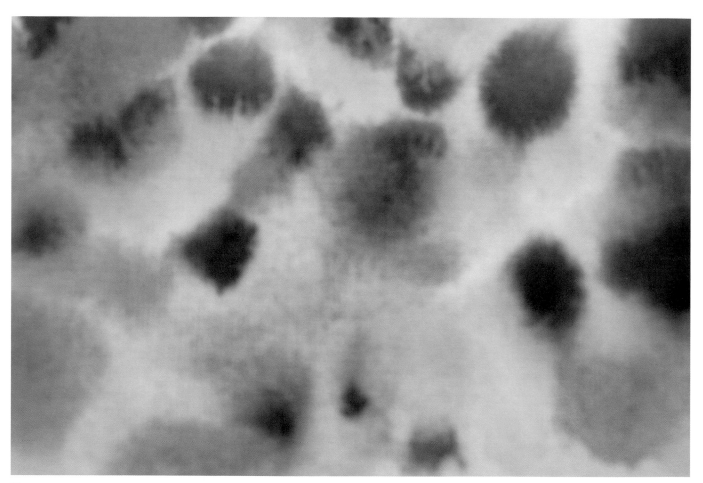

12

戀

有一種戀，
毋管生老病死。
對一支小雨傘，
追來到一隻輪椅。

有一款情，
毋驚山崩地裂。
對一〇一大樓，
牽去到盤古開天。

愛花，毋是貪花開。
疼花，毋是貪花媠。

愛妳嬌滴滴、
愛妳流鼻水。
愛妳溫柔伶俐，
嘛愛妳喙仔翹翹無講理。

愛妳日艷天、
愛妳月暗暝。
愛妳紅膏赤脂，
嘛愛妳頭毛白白落雪時。

黃黃疊青青，
戀戀也縣縣。
等候有一日，
妳若食到一百二，
花蕊焦焦留遺記，
芳魂飄飄做仙去。
我猶原挺妳，
抱妳佇樹尾頂坐大位，
向天，參拜萬年相思。

我猶原挺妳，
向天，參拜萬年相思。

後記：
冬日午後，過彰化某安養院，目睹花
期已過的台灣欒樹，繁華落盡，但花
謝不離枝，綠葉猶托著枯黃之花，仰
天搖舞。樹旁，巧遇一耄耋老翁推著
輪椅，偕老伴曬太陽，相依相偎、不
棄不離，乃有感而發。

——2010年3月23日中國時報 人間副刊

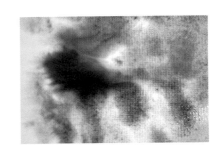

【台音義注】

毌(m7)管：不管。

對(tui3)：從…到…。

一支小雨傘：台語歌曲名，此處形容
　愛侶撐著小雨傘的浪漫時光。

嬌(sui2)：美麗的樣子，早期以「水」字
　通行。

喙(tshui3)仔：小嘴巴。

日艷天、月暗暝：喻人生遭遇的盛與
　衰對比，與「有時星光、有時月
　光」的台諺意涵類似。

紅膏赤脂(tshih8)：紅光滿面，喻身強體
　健。

疊(thah8)：由上而下覆蓋。

食(tsiah8)到：陽壽活到…。

花蕊焦焦(ta-ta)：指乾枯的花屍。

芳(hong)魂：花魂。

細葉欖仁

第一陣東風，
輕輕…輕輕搧落，
最後一片的黃葉。

伊──堅心徛踮街頭，
凍冷風、咬嚎齒，
以赤身裸體姿勢，
撐著贖罪的空枝，
向天展示：
愛情勇敢的骨氣。

每一莭枝骨，
攏掛念一蕊白雲。
每一椏枝心，
攏懷抱一撮青芽。

細葉，欖仁啊——
伊用心等待，
等待誤會的春天緊轉來！

——2010年1月13日中國時報人間副刊

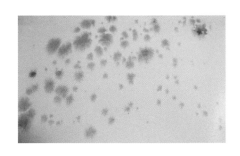

【台音義注】

細葉欖(lam2)仁：華語稱「小葉欖仁」，
　　常見的行道樹，原生地為非洲，林
　　相奇美，如綠色涼傘披覆，故俗謂
　　雨傘樹。此樹秋季落葉，冬天空枝
　　守歲，春來發芽，綠葉成蔭。

倚踮(khia7-tiam3)：站立在…。
撐(thenn3)著：撐舉著…。
芭(pha)、椏(ue)：皆為樹枝的單位詞。
的(e5)：本詩「的」字皆唸「e」音。

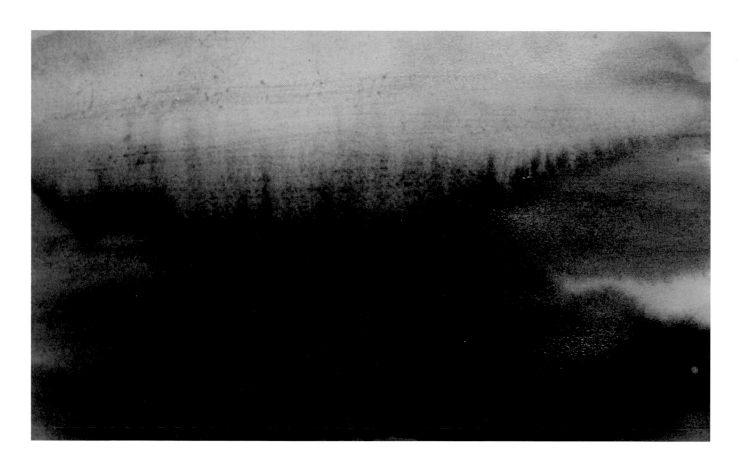

看茶

泡一杯茶，
看樹、看花，
看青山崁雪、
看春花謝落，
看青春一去不再回。

泡一杯茶，
看天、看地，
看風雨吵過、
看雲煙流過，
看風雲雙雙轉眼過。

泡一杯茶，
看前、看尾，
看紅塵鼎底、
看水火煎洗，
看紅水三杯黃反白。

———2010年6月15日中國時報 人間副刊

【台音義注】

崁(kham3)雪：大雪覆蓋。

謝落(loi0)：凋謝、枯萎，落為「落去(loh8--khi3)」的台語連音字。

鼎(tiann2)底：鍋底，此處指煎茶的水壺。

另，作者啜飲的茶品為半發酵的紅水烏龍茶。

赤崁秋月

聽過紅毛師疊磚的聲、
聽過鄭國姓戰鼓的聲、
聽過鴨母王磨刀的聲、
聽過清知縣斷案的聲、
聽過日本兵病疼的聲、
聽過國民黨走路的聲。

二〇〇九年，中秋。
黃金、豐滿的月娘，
用母親溫純的面龐，
噯著歷史的風火頭。
赤崁的暗夜，
只聽著一陣一陣，
沙沙沙沙——
榕仔葉摩擦的聲。

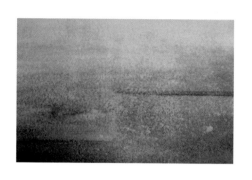

紅牆頂懸，
一隻烏貓，
無聲無說，
躡‧腳‧行‧過……

——2010年2月22日中國時報人間副刊

【台音義注】

赤崁樓：又名紅毛樓、番仔樓，座落台南市的一級古蹟。此建築1653年由荷蘭人興建，名為普羅民遮城(Provintia，永恆之意)，做為治台的行政中心。1661年，鄭成功驅荷之後，為明鄭東都明京，即承天府衙門。1721年，朱一貴(鴨母王)抗清，曾據此充當軍械、火藥庫，發動一波波戰役。1750年，清台灣知縣盧鼎梅將縣署遷移至此城內辦公。1895年馬關之後，日人起山，武力佔領台灣，也曾將此城充當陸軍衛戍病院。本詩首段，由此演繹。

紅毛師：荷蘭籍的建築師傅。

唚(tsim)：親吻。替代用字。

頂懸(kuan5)：上頭。

無聲無説(sueh4)：靜悄悄地，沉默不語。

躡(liam)腳：踮起腳尖，輕盈行走之意。

竹雞啼春

嘎仔～吱嘓乖吱嘓乖……
嘎仔～吱嘓乖吱嘓乖……

天拍殕光，
都市的公寓，
傳來竹雞仔叫啼。
聲音短尖短尖，
親像憤怒匕首，
一刀一刀，
刺入睏眠者的神魂。

三月初，
交配的季節。
關佇鳥籠仔底，
伊面對銅牆鐵壁，
堅持用祖先的母語，
大膽向世界求愛，
講做毗傳後就綴遮來。

小小鳥籠仔，
當作竹林家園。
這隻竹雞仔，
以四十五度姿勢，
擤頭拍翼、威風凜凜，
大聲呼喚鳥仔伴，
捍衛族群母語佮地盤。

竹雞啼過，
風雲變色、
閃電交加，
雷公嘛用母語應答：
喀仔～轟隆轟隆轟隆──
落了一場春雨。

嘎仔～吱嘓乖吱嘓乖……
君滾棍骨～裙滾郡滑……

你敢聽有伊叫春的母語？
你敢看有我叫你的情詩？

——2010年12月22日中國時報 人間副刊

【台音義注】

嘎仔～吱嘓乖：kah～ki-koo-kuainn5，
　　竹雞叫聲。元・丁鶴年竹枝詞云：
　　「竹雞啼處一聲聲，山雨來時郎欲
　　行。」竹雞求偶，即春雨欲來。
天拍殕(phah4-phu2)光：天浮現灰白色、拂
　　曉時分。
做岫(siu7)：築巢。
綴(tue3)遮(tsia)來：跟著來這裡。

攑(giah8)頭拍翼(phah4-sit8)：昂首、振翅。
佮(kah4)：與。
應(in3)答：回應。
君滾棍骨裙滾郡滑：為學習台語八聲
　　調的入門口訣。坊間尚有「獅虎豹
　　鱉猴狗象鹿」、「衫短褲闊人矮鼻
　　直」等版本流傳。
敢(kam2)：是否…。

哭電視

出門逐糞埽車時，
做過第三者的女主播，
當咧報告政客通姦抓猴，
以及老虎伍茲的桃花新聞。

十分鐘後，
喘怦怦回轉，
踏入厝內驚一著：

客廳恬寂寂，
空氣全是臭火焦味。
電視畫面熄去，
安怎開嘛開袂開。
摸伊的腹肚邊，
燒燒、黏黏，
——老電視機自盡，
已經不幸往生囉！

報廢的電視
並無擲去回收場。
伊穿麻衫戴孝帽，
共遺體扛上山頭，
破土、牽亡、祭拜，
起造一門風水收埋。

「我歹命啊我歹命——」
老教授五體投地，
哭甲若像一隻蟑蜍。

——2010年12月1日中國時報人間副刊

【台音義注】

逐(jiok4)糞埽(pun3-so3)車：追垃圾車。

的：介詞，唸「e5」。

老虎伍茲(Eldrick Tont Woods)：世界排名首位的美國高爾夫球名將，2009年12月，因外遇醜聞，被八卦媒體連環爆料，多達十餘位的「虎娃」紛紛現形，挺身指控。老虎緋聞，可謂臭不可聞，跌破世人眼鏡。

喘怦怦(phenn7-phenn7)：氣喘兮兮。

驚一著(tio5)：吃一驚。

臭火焦(ta)：燒焦。

袂(be7)：不。

共(ka7)遺體：把電視機的遺骸…。

風水：指陰宅，墳塚。

蟑蜍(tsionn-tsi5)：蟾蜍。

另，本詩為新聞系老教授的奇遇記。

五十照鏡

崁頂落雪，
烏山頭、七分白。

崁腳開花，
三分目、一櫥冊。

鼻龍失勢，
英雄膽、氣絲短。

面戴粗皮，
人生戲、硬搬過。

耳骨薄細，
欠野草、綁瘦馬。

水壩鎖咧，
一支喙、毋講話。

(酒！酒若沃落，
喙水卡濟過彼條活過來的雷
公溪……)

——2010年1月11日中國時報人間副刊

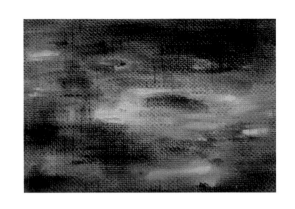

【台音義注】

鼻龍(ling5)：鼻樑。

鎖咧(le0)：鎖著。咧，暫借字。

一支喙(tshui3)：一張嘴。

毋(m7)講話：不講話。

沃(ak4)落(lue0)：灌溉或澆下去。

雷公溪：為台灣荒溪型河流的一種，平常滴水不進、河床乾涸，俟天候一變，雷電交加，便洪水滾滾、滔滔不絕。筆者雲林斗六西瓜寮老家，也有一條雷公溪(屬於濁水溪支系)流繞，特以此自況。

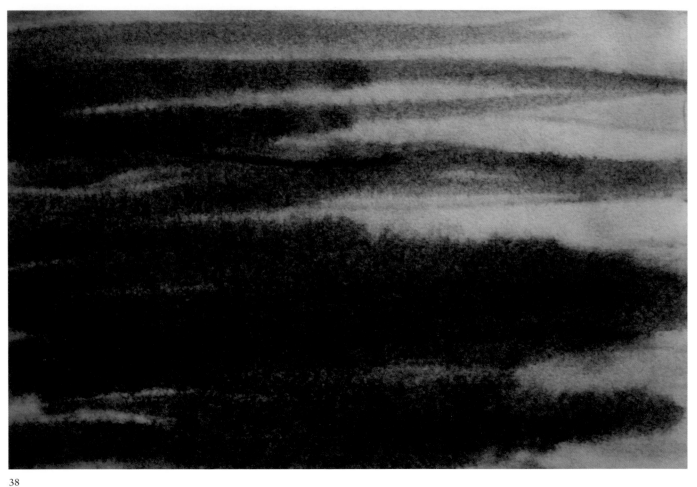

路過馬場町

公園入口，
有溫馴的粉鳥，
為著貪戀美食，
放棄身分，
毋驚生份。

廣場的頂面，
一群大學生，
當咧排演聖誕話劇，
你揉我、我揉你，
笑笑做一堆。

新店溪彼頭，
相思仔披著長長裙枝，
對著九降風款款搖擺，
可比母親深情的等待。

駁岸邊，
一陣鐵馬族，
清清爽爽追風閃過。
彼墩黃土，
變做假日的風景。

越頭看天，
七、八隻風吹，
佇北風當中，
痟甲無尾。

我只是路過，
留著幾行筆記而已…

我只是路過，
無想欲驚動你啥貨…

——2011年8月31日中國時報 人間副刊

【台音義注】

馬場町：座落於台北市新店溪畔，比鄰青年公園，日治時代為練馬、南機場地盤，五○年代，國府白色恐怖時期，為數千位異議分子被槍決之地，現闢為市民休閒公園。

毋(m7)驚生份：不認生。

搡(sak4)：推擠。

相思仔：相思樹。

九降風：東北季風。

駁(poh4)岸：河堤。

黃土(hong5-thoo2)：指千人塚。

越(uat8)頭：回頭。

佇(ti7)：在…。

痟(siau2)甲無尾：形容風箏激越飛舞，由台諺「十二月風吹，痟甲無尾」演繹。

欲(beh4)：要。

啥貨：什麼。

青年公園

斷線風吹，
卡佇樟仔林尾，
想飛～飛袂起。

　老榕庇蔭的樹腳，
有膨鼠、厝角鳥仔，
以及粉鳥斑鴿，
搶食遊客麵包，
咕咕咕、嘰嘰喳喳…

來自南洋的女傭，
揉著北方老人輪椅，
雙人雞言鴨語，
講話比手劃腳，
嘛是咕咕嘰嘰喳喳…

遠遠的銅像，
元帥身騎駿馬，
永遠飄撇少年，
隨時準備出戰。
只是，日頭落山去，
老戰士無法度捧箸。

露天戲棚，
九降風獨奏：
一座無人的舞台、
一片冷落的空椅，
當咧公演一齣煞戲之戲。

——2012 年 1 月 19 日 聯合報 聯合副刊

【台音義注】

青年公園：座落於台北市萬華區的南
　　郊，林木蓊鬱，日治時期為練兵
　　場，七〇年代整治成為市民休憩公
　　園，每天早晚，都有眷村老人及外
　　勞聚集，故又稱為「老人公園」。

風吹：風箏。

卡佇(ti7)：卡在…。

飛袂(be7)起：飛不起。

膨鼠：松鼠。

厝角鳥仔：麻雀。

粉鳥斑鴿：鴿子、斑鳩。

搡(sak4)：推。

雞言鴨語：語言不通，雞同鴨講。

飄撇：瀟灑。

箸(ti7)：筷子。

九降風：農曆九月的東北季風。

當咧：正在…。

煞(suah4)戲：散戲。

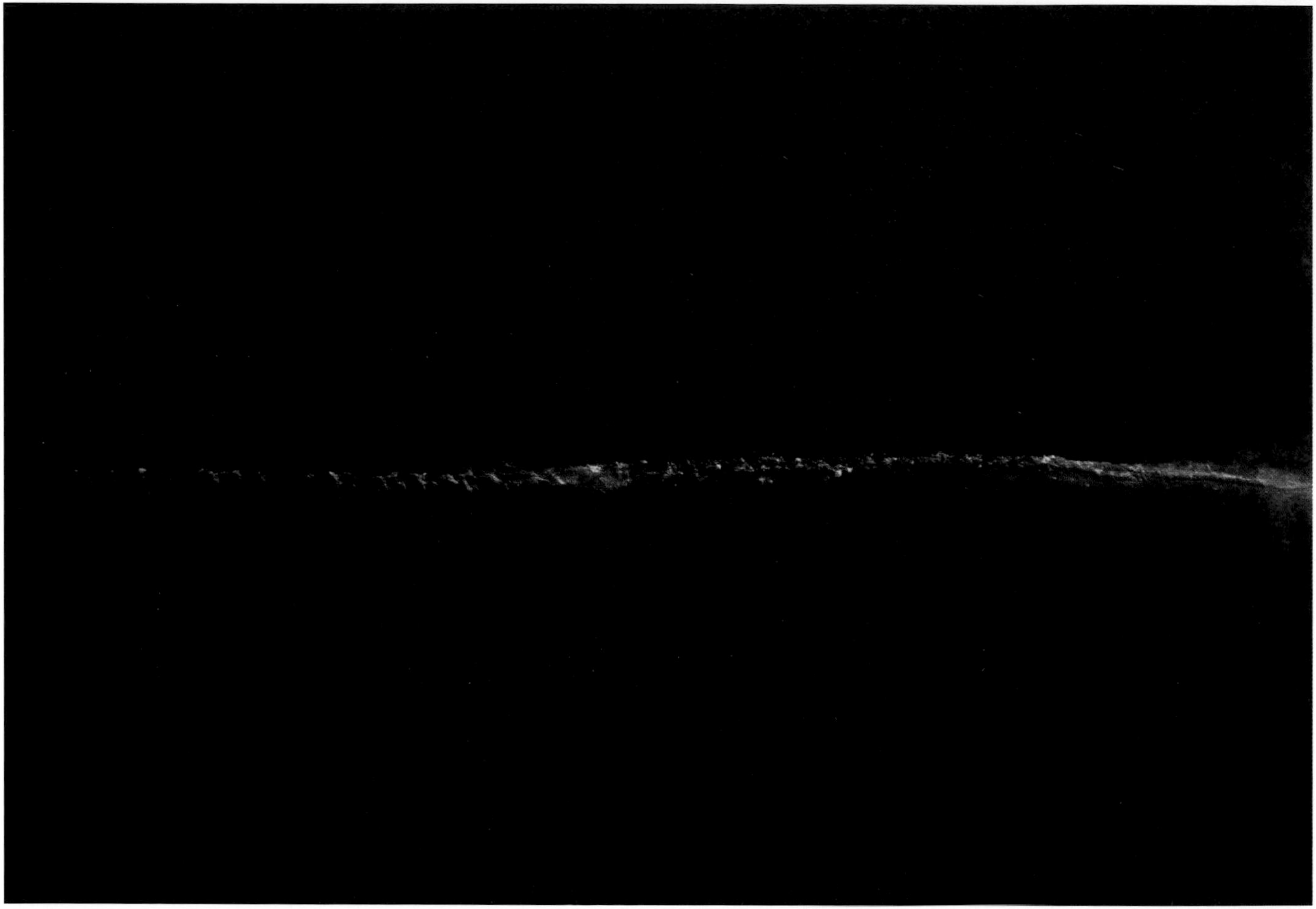

今仔日，關機！

——獻予思念故鄉的母親

茫茫深更，
摸摸家己：
偌久無做人的囝兒？

撥開蜘蛛絲、
迣過烏陰的城市。
母仔，咱轉來去！
來去餾西瓜寮老厝味。

燒一欉清香、
掘一股菜園、
插一盆蝶仔花，
曝一領紅紅棉被。
——西瓜寮的土，
有咱樸樸實實的原味。

切一塊三層、
炒一盤茴香、
滾一鼎結頭湯、
煮一坩燒燒米飯。
──西瓜寮的風，
有咱豐豐沛沛的氣味。

看一齣民視、
算一暝流星、
牽一陣老厝邊、
掀一疊舊舊相片。
──西瓜寮的天，
有咱閃閃爍爍的情味。

咱的地頭咱的天、
咱的故鄉咱的味。
紅塵滾滾為啥物？
紛紛擾擾無道理。

母仔喂，今仔日關機！
我欲全心做妳的囝兒。

——2010年11月12日中國時報人間副刊

【台音義注】

茫茫(bong5- bong5)：忙碌或意識模糊，與
　　下句「摸摸」諧音。
偌(gua7)久無做人的囝(kiann2)兒：指俗事
　　分心，多久沒扮好人子的角色。
远(hann7)過：跨過。
西瓜寮：地名，雲林斗六市郊的農村。
餾(liu7)：重溫。
蝶(iah8)仔花：野薑花。
三層：白斬五花肉。

茴香(hui5-hiang)：又名蘹香，具濃郁香氣的
　　蔬菜，性滋補，鄉間婦女深愛。
結頭：蕪菁，球莖可煮湯。
坩(khann)：飯鍋。
豐沛(phong-phai3)：豐盛之意。
母仔喂：呼喚母親的親暱語。濁水溪
　　以南的中南部地區慣用。
紅塵：此處「紅」字念讀音「hong5」。
我欲(beh4)：我要…。
的：皆唸「e5」。

49

和美之秋
——天欲落雨，人欲收傘…

今仔日，
最後一工。
明仔載，
雨傘工場封門。

方麗玉民謠當熱，
電台硬進廣告。
黃昏日懶懶巡視，
白枋貼出人影。
塑膠灌模老炮台，
已經射到尾聲。

滿春姨嘆一口氣：
三十年的女工，
機台當作翁婿，
透暝伴伊到天光、
青春紡出白頭毛。
最後傘骨開花──
講散就散！

捌為著全勤獎，
佮領班起變面，
廠房哭過課長室。
捌為著搶加班，
佮明月姊冤家，
三年無講半句話。
吵吵鬧鬧、用心計較，
終其尾，也是空笑夢：
只是賺著夜夜失眠、
以及身軀定定痠疼。
潘大夫的痛風丸，
毋知買過幾十罐？

冬天猶未到，
雨傘樹開始褪葉⋯
西廂窗仔外，
日頭落山方向，
三十九籤的便當俗賣，
有人店頭排到街尾，
有人發火起性地。

土地公廟口，
趙子龍救阿斗⋯
萬壽師雙手弄千軍，
咬佇喙角的薰，
強欲燒著喙唇。
棚腳冷吱吱，
一人布袋戲，
愈演愈戰心愈虛。

少年頭家，
秋清涼勢。
老董面色，
鹹過鹿港蚵仔膎。

總經理室彼片，
五尺長的水族箱仔，
一尾紅龍魚，
悠悠泅過⋯

馬政府第二冬，
民國九十九年，九月。

——2011年6月19日自由時報 自由副刊

【台音義注】

和美：彰化縣小鎮，曾為全世界的製傘王國，現95％工廠西移中國。

欲(beh4)：要。

明仔載：明天。

方麗玉民謠：電台歌仔戲節目名稱，方麗玉為主唱者，主持人為「潘大夫」。

炮台：塑膠射出的機械俗稱。

白枋(pang)：記事用的白黑板。

捌(bat4)：曾經。

佮(kah4)：與⋯⋯。

終其尾：終究。

定定(tiann7)：常常。

毋(m7)：不。

雨傘樹：小葉欖仁。

三十九箍(khoo)：39元。

咬佇(ti7)喙角的薰(hun)：含在嘴角的菸。

一人布袋戲：不景氣的廟會廉價酬神形式，一人戲師只播放劇情錄音帶，再按情節弄戲偶而不念對白。

秋清(tshin3)：舒適，與涼勢義同。

蚵仔膎(ke5)：鹽醃漬的蚵罐頭，奇鹹無比。

彼爿(ping5)：那邊。

圍城

有一个空間，
渾渾沌沌、
大大方方。
啥物攏無、
啥物攏有。

為著做岫、
宣示地盤與主權，
師父提出魯班尺，
電鑽、鐵鎚吱吱叫，
吵吵鬧鬧當中，
裁製出一塊冷冷鐵框，
鑲入白白透明的玻璃。

這面玻璃窗，
閃風兼避雨，
阻擋外口世界。

謝絕蠓蟲、
謝絕蝴蝶、
謝絕寒天、
謝絕風颱天，
當然嘛謝絕了春天。

昨昏，一隻衝捀的鳥，
不幸春死窗邊…

昨昏，一粒孤獨的心，
不幸凝死窗邊…

——2010年9月20日自由時報 自由副刊

【台音義注】

一个(e5)：一個。

啥物：什麼。

做岫(siu7)：築巢。

魯班尺：土木工匠專用的量尺，又名
　　文工尺。

蠓(bang2)蟲：蚊蟲。

昨昏(tsa-hng)：昨天。

衝捀(tshong-pong7)：衝動。

春(tsing)死：撞死。

孤獨(koo-tak8)：孤僻。

凝(ging5)死：心情鬱結，悔恨而亡。

本詩「的」字皆唸「e5」。

你有一通未接來電

一片紅葉，
落佇大埤湖。
水箍仔親像幻夢，
一層一層圍起來。
（你有一通未接來電！）

一隻田嬰，
點佇大埤湖。
水箍仔親像酒窟，
一湧一湧醉起來。
（你有一通未接來電！）

一粒石頭，
擲佇大埤湖。
水箍仔親像皺痕，
一沿一沿鎖起來。
（你有一通未接來電！）

一個傷心，
栽佇大埤湖。
水箍仔親像往事，
一幕一幕浮起來。
（你有一通未接來電！）

一台手機，
沉佇大埤湖。
水箍仔親像電波，
一陣一陣射起來。
(你有一通未接來電！)

你有一通⋯⋯⋯⋯⋯⋯。

——2010年6月6日自由時報 自由副刊

【台音義注】

佇(ti7)：在⋯。

水箍(khoo)仔：水中的漣漪。箍為圓圈、
　弧形之意。

田嬰(tshan5-inn)：蜻蜓。

大埤湖：高雄澄清湖的舊名。

皺痕(jiau5-hun5)：皺紋。

擲(tim3)：拋落。

酒窟(khut4)：酒渦，亦寫作「酒窟
　仔」。

一個(ko5)：數量詞，專指圓形物體，雲
　嘉地區慣用。

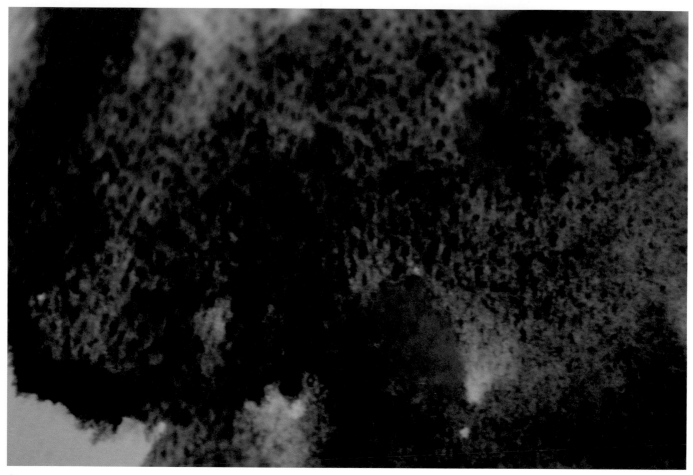

我詩予你看

我的詩，
毋是寫佇雲端。
我的名，
寄佇土地人間。

我詩予你看——
親像野貓彼一般，
我的詩宓佇暗巷：
看著有錢啉甲面紅紅、
看著無錢褪甲身空空、
看著抾紙婆仔收破夢、
看著都市世界錢咬錢人食人。

我詩予你看——
親像鋤頭彼一般，
我的詩吊佇田岸：
看著一粒米二四點汗，
看著柳丁一斤三籃半、
看著青菜放佇田底爛、
看著農村草地一步一步崩盤。

我詩予你看——
親像飛鼠彼一般，
我的詩歇佇高山：
看著怪手破腹開溫泉、
看著土石滾滾來起叛、
看著山羌啼哭揣無伴、
看著原住民祖靈高處不勝寒。

我詩予你看——
親像燈塔彼一般，
我的詩照佇港岸：
看著飼蠔的魚塭鹽灘、
看著討海人空船畏寒、
看著對岸笑面排飛彈、
看著海翁國家變做一尾魚干。

我詩予你看——
我是一个綁腳巾的刺客，
毋是頭戴桂冠的斯文人。
我的詩毋是七彩噴泉，
毋做畫山擦水的花盤。
橫直，我的筆尾，
無芳水，也揣無浪漫，
只有土味，佮百姓臭酸汗。

這是用恁祖媽的母語打製，
生活、戰鬥的扁鑽，
準備一針刺入……
挖醒世間不公不義的心肝。

我詩予你看──
喂，請你嘛詩予我看！

──2010年12月13日自由時報 自由副刊

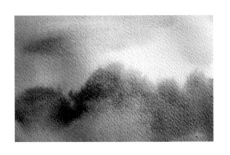

【台音義注】

我詩予(hoo7)你看：我的詩讓你看看。

寄佇(kia3-ti7)：暫時寄寓在…地方。有天地者，萬物之逆旅之意。

暗巷：城市風化區。

褪(thng3)甲身空空(khang)：脫到一絲不掛。甲，暫借字。

抾(khioh4)紙婆仔，拾荒的老嫗。

三箍(khoo)半：三塊半。

毋(m7)是：不是。

海翁國家：台灣島形似鯨魚，喻活跳跳的海洋國家。

一个(e5)：一個。

芳(phang)水：香水。

揣(tshue7)無：找不到。

佮(kah4)：和…。

恁(lin2)祖媽：您的老祖宗。台灣早期為平埔族母系社會，女尊男卑，故女性有自稱「祖媽」的口頭禪文化。

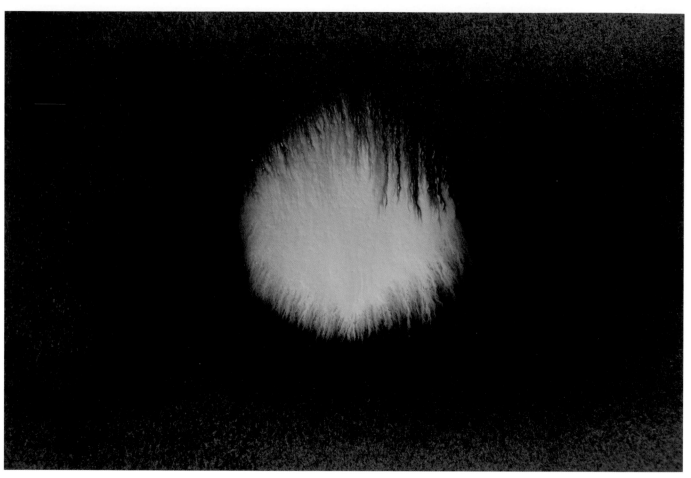

有一隻良知

一隻好豬：
外表烏烏肥肥、
內心清清汽汽。

日時——
人講毋行，
鬼牽欲去。
滾絞紅塵，
華華虛虛…
伊半迷半耍，
主人四界揣無伊。

暗暝——
鬼講毋行，
人牽欲去。
安平夢裡，
嚶嚶咿咿…
伊半醉半醒，
睏佇你的頭殼邊。

伊啊——
猶原是一隻好豬。

——2010年11月2日聯合報 聯合副刊

【台音義注】

好豬：即是良豬。台語「良豬」與「良知」同音，本詩將好豬當作良豬，再轉化成良知，從自豬圈出走的豬隻尋找過程，比喻良知的失而復得。

清汽：乾淨、清潔。

毋(m7)行(kiann5)：不願去。

滾絞(ka2)：打滾。

紅塵：此處「紅」字唸文音「hong5」。

華華虛虛：形容虛華。

揣(tshue7)：尋找。

耍(sng2)：遊樂、嬉戲。

嚶(cnn)嚶咿(inn)咿：豬隻酣眠發出的聲音。

眠佇(ti7)：睡在…地方之意。

烏微仔

一隻烏微仔，
飛來耳空邊。

伊講話帶刺，
大聲宣示：
無你我會死，
愛你愛甲死！

有影麼？
人的骱邊起癢，
皮肉開始紅腫。

抓來抓去，
抓出一堆新墓。

——2010年5月12日 聯合報 聯合副刊

【台音義注】

烏微(bi5)仔：台灣鋏蠓(Forcipomyia taiwana
　　Shiraki)的俗稱，細小強悍的吸血性昆
　　蟲，不屬於蚊子類，但別名仍叫小
　　黑蚊、小金剛。台文或有記成「烏
　　蠓」或「烏V仔」者，此蟲最早由
　　日本昆蟲學家素木得一於台中山區
　　發現而記錄、命名，目前該蟲害已
　　蔓延全台灣山區或平地。

耳空：耳孔。
愛甲(kah4)死：愛到死。甲，暫借字。
有影麼：可不是嗎？
骱(kai2)邊：鼠蹊部，亦即大腿與下腹部
　　相連的敏感部位。
起癢(tsiunn7)：開始發癢。
抓：唸「jiau3」。

78

日新公園
──寫予小女沁儀

旱溪仔水，
鑽過童年的小腳腿。

日落山、紅記記，
昭和草、點胭脂。
蟬仔哮唧唧，
溜梯磅空一路奇。
田嬰飛懸懸，
轆鞦幌入半天邊。

溪埔的花蕊、
公園的景致，
猶原遐爾仔艷、
猶原遐爾仔媠。
只是，囡仔已經大漢，
飛出去走揣自己的天。

俺查某囝：
妳敢知影？
三不五時，
爸猶會來遮徘徊，
揣妳七歲失落的，
彼支黃色頭毛鋏仔哩！

——2010年2月11日中國時報 人間副刊

【台音義注】

日新公園：位於台中大里旱(han7)溪畔的
　　一座小公園。

昭和草：菊科草本植物，開紅花。

溜梯：中間狹長封閉，有如時光隧
　　道、可以躲貓貓的溜滑梯。

磅空(pong7-khang)：隧道。

田嬰飛懸懸(kuan5-kuan5)：蜻蜓飛得好高
　　好高。

轎軟幌(hainn3)入：軟轎盪入…地方。

遐爾仔(hiah4-ni7-a2)媠(sui2)：多麼漂亮。

揣(tshue7)：尋找。

囡仔(gin2-a2)：小孩。

自己：台語記為「家己」二字，但此
　　處故意採用現代感、不流利的年輕
　　人慣用的詞彙。

俺查某囝(kiann2)：我的寶貝女兒啊！
　　泉州腔，四字皆以短促發音，有俏
　　皮、親暱意涵。

遮(tsia)：這裡，暫借字，此處指公園。

頭毛鋏(giap)仔：女生的小髮夾。

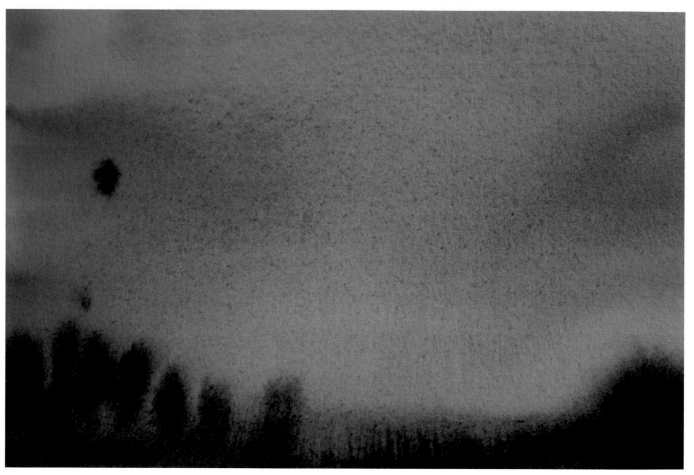

夭壽靜的春天

四月燒風，
炊過彼欉老粿仔樹。
巴拉松的空罐仔，
佇風中唱歌…

今年春天，
稻仔無病蟲，
柳丁、檨仔早弄花，
可惜揣無蜜蜂做媒人。
四界看無水雞影、
聽無斑鴿咕咕咕的聲。
蝶仔、金龜、田嬰…
一隻一隻毋知飛去佗藏？

圳溝仔邊，
鯽仔、溪哥魚，
無緣無故翻了白肚。
一葩葩福壽螺的卵，
沿著水路淀開紅色恐怖。

穀雨，
無雲無雨。
發袂出雜草的田岸，
有揹噴霧器的老人，
隱疴、喘嗽巡過。
這是一个夭壽靜的春天。

巴拉松的空罐仔，
佇風中唱歌⋯

——2011年8月31日中國時報人間副刊

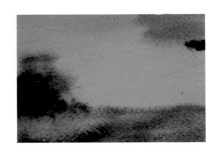

【台音義注】

天壽：非常，台語最高級的形容詞，但仍寓「夭壽」負面意涵，故此處「夭壽靜」一詞，既是形容寂靜狀態，亦有詛咒恐怖的寂靜氛圍之意。

巴拉松(Parathion)：農藥名，性劇毒。

粿仔樹：黃槿，葉片用來蒸包粿品(如草粿、包仔粿等)而得名，部分地區的平埔族曾視之為聖樹。

佇(ti7)：在…。

檨仔(suainn7-a2)：芒果。

水雞：青蛙。

斑鴿(pan-kah4)：斑鳩。

蝶仔(iah8-a2)：蝴蝶。

田嬰(tshan5-enn)：蜻蜓。

毋(m7)：不。

佗(to2)藏：何處藏身。

葩(pha)：一串。

湠(thuann3)：蔓延。

袂(be7)：不。

噴霧器：噴灑農藥的器具。

隱痀(un2-ku)：駝背。

一个(e5)：一個。

本詩「的」字皆唸「e5」。

關於詩集作者

林沈默，本名林承謨，文化大學企管系畢業、台灣師範大學台文所肄業。一九五九年生於雲林斗六西瓜寮農村，定居台中大里，歷任中國時報周刊編輯主任、編採副主任，及國家台灣文學營、救國團文藝營、省教育廳編輯研習營、公民大學等講師，現任職於新聞界，業餘主持蕃薯糖文化工作室，推廣母語教學。

林沈默自一九七三年起投入文學創作領域，嘉義中學時代曾與文友創《八掌溪》詩刊，大學時代與路寒袖等詩人合辦《漢廣詩刊》，晚近加盟《台文戰線》等詩社，四十年來創作不斷，作品以詩、中篇小說、短篇小說、童詩童話為主，台、華語作品入選小學教科書及文學大系、年度詩選，曾獲台灣文藝、吳濁流小說

獎、中華文學敘述詩獎、全國優秀青年詩人獎。重要著作有：《白烏鴉》、《火山年代》、《紅塵野渡》、《林沈默台語詩選》、《沈默之聲——林沈默台語詩集》、《禾壽靜的春大——臺詩十九首》及小說《霞落大地》等。《霞落大地》並被拍成影集，在公視播映。

　　一九九〇年初，為開發雙語教材，以現代作家身分，率先投入母語新台灣童謠創作行列，獨創「台灣囡仔詩」，並走遍台灣309鄉鎮市，寫就台語三字經「唸故鄉——台灣地方唸謠（全四冊）」，風格詼諧創新，突破傳統窠臼，曾獲報刊、電台、電視台等轉載推廣，被媒體記者、書評家譽為「台語文學的新高山」。該系列已經完稿，尚未付梓。

關於插畫作者

林沁儀，金牛座，一九八九年生於台北，國立台南藝術大學材質設計系畢業，曾拜台中畫家王鼎、朱意萍為師，習畫十餘年，擅長水彩、刺繡藝術、影像創作，刺繡創作曾參展「南視角特展」，獲廠商青睞。酷愛閱讀、攝影、音樂、電影，崇拜古巴左派革命家──切・格瓦拉（Che Guevara），大學時期曾以機車環島旅行二次。本書圖畫為其「色の界──現代詩插畫展」專題創作系列。

國家圖書館出版品預行編目資料

夭壽靜的春天：臺詩十九首 / 林沈默著.
-- 初版. -- 臺北市：前衛, 2013.01
　　面；　公分
　ISBN 978-957-801-701-6(精裝)

863.51　　　　　　　　　　　102000593

夭壽靜的春天——臺詩十九首

著　　者 林沈默
責任編輯 陳豐惠
美術編輯 大觀視覺顧問有限公司
出版者 前衛出版社
　　　　　10468台北市中山區農安街153號4F之3
　　　　　Tel：02-2586-5708　Fax：02-2586-3758
　　　　　郵撥帳號：05625551
　　　　　e-mail：a4791@ms15.hinet.net
　　　　　http://www.avanguard.com.tw
出版總監 林文欽
法律顧問 南國春秋法律事務所林峰正律師

總 經 銷 紅螞蟻圖書有限公司
　　　　　台北市內湖舊宗路二段121巷28、32號4樓
　　　　　Tel：02-2795-3656　Fax：02-2795-4100
出版日期 2013年1月初版一刷

定　　價 新台幣350元

*「前衛本土網」http://www.avanguard.com.tw
*加入前衛facebook粉絲團，搜尋關鍵字「前衛出版社」，按下"讚"即完成。
更多書籍、活動資訊請上網輸入"前衛出版"或"草根出版"。

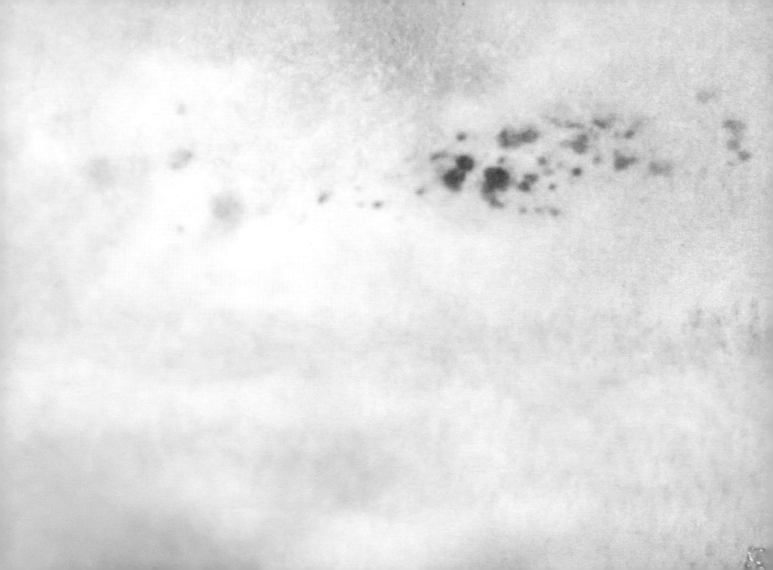